KB060237

Jeong Yeong-Hak

시인 정영학

청어詩人選 351

빛을 찾아가는 길

정영학 시집
Jeong Yeong-Hak
Poetry

도서출판 청어

시인의 말

이 시집에서 나는
어제를 보듬어 안고
내일을 꿈꾸었다

오늘이
고단하다 할지라도
주어진 날들이기에
더 깊이 사랑하고 싶다

길은 외줄기
빛을 찾아가는 길목

영원으로 향하는
어디쯤에서
동행들과
내 언어를 나누고 싶다

차례

5 시인의 말

1부

12 꽃 Ⅰ

13 꽃 Ⅱ

14 입춘立春

15 춘설春雪

16 자목련

17 봄소식

18 난초蘭草

19 개화

20 낙화 Ⅰ

21 낙화 Ⅱ

22 낙화 Ⅲ

23 낙화 Ⅳ

24 산수유 심은 까닭

25 새

26 장미원에서

27 석양

28   그물

30   가을 서정

31   가을에

32   풍경 소리

33   호수를 보며

2부

36   거울

37   고드름

38   물처럼

39   석란사石蘭史 월평

40   경포대에서

41   강변 나들이

42   가람 문학기행에서

44   낙화 Ⅱ, 시화전에 부쳐

46   글을 안다는 것보다

47   낭중지추囊中之錐

48   박쥐

50   다보탑 발원

51   봄날은 간다

52   소낙비

54 소풍 나온 바람처럼

56 시간의 대답

58 싸가지 어원

59 알바트로스

60 고향 나들이

62 월영교 서정

64 월영교 연가

65 염색

66 적요寂寥

67 지혜智慧

68 팽목항의 길 잃은 빗소리

70 스무 살의 기억

73 참나무가 탈 때

74 산비둘기

75 코로나19 확진

76 흰 얼굴

3부

78 문門 앞에서

79 결론

80 빛을 찾아가는 길

82   고해성사告解聖事

84   끝자락에서

85   그 날개

86   기도의 어머니

88   시편 23편 묵상

90   눈물

91   신년기원新年祈願

92   십자가十字架

93   좁은 문

94   오병이어五餠二魚 기적

95   영원에 잇대어

4부

98   고목

100   갈치조림

101   의자

102   유품 정리

104   어떤 지갑

106   그 집

108   그의 실루엣

110   전화위복轉禍爲福 방광염

112 　귤을 먹다가

113 　안부 편지

114 　그 늙은 반짇고리

115 　유전遺傳

116 　우리의 등불이었던 님이시여

5부

120 　기도

121 　병상에서

122 　병상의 밤

123 　병상 일기 Ⅰ

124 　나는 어머니가 그립다

125 　길을 걷는 사람들

126 　어머니께

127 　촛불

128 　깊은 생각

130 　병상 일기 Ⅱ

131 　마지막 종소리

132 　아가페의 사랑은 잠들지 않고

1부

꽃 Ⅰ

안개 강
저 너머에
꽃이 피거늘,

가슴 속에
묵은 창문
가로놓여 있어도,

홍매화
새소리에
미소 피어오르면,

누구의 밤
불 밝히는
꽃이 되려나

꽃 Ⅱ

4월 들어 전해 오는
설레는 가슴들

우주에서 보내 주신
빛의 사연들
황송하게 안는다

어느 눈 오던 날
짓눌렸던
마음들에

아카시아
가시 형극 딛고 일어서
하얀 포도송이로 화답하는 꽃이여,

값없이 그려주는
교향악에 젖어,
내 마음도 한 뼘씩만
더 넓어졌으면

입춘立春

병신년
낯선 길
뽀얀 입춘이다

세상은
검은 외투 주머니 속
발걸음 무겁지만,

꽃바람
휘파람은
승전가勝戰歌 두드리며,

건양다경建陽多慶 오는 길
어깨춤에
지름길이다

춘설春雪

봄보다
먼저
춘설春雪 피었다

잠에 취한
가지 끝
목화꽃 이른 축제,

묵은해 끝자락
야위어가는 아쉬움,

달리던
기적 소리도
가던 길 멈춰 섰다

세상은 한 번 더
춘설 솜이불 속
고요한 명상이다

자목련

자목련
이국땅에
젖은 향기로 꽃피었다

애초에는
속살 보얀
여인이고 싶었건만,

붉은 웃음
숨긴 울음
먼 가슴으로 꽃피우며,

떠다니는 이국땅
애처로운 손길에
두 눈 감아 버리고,

바다 건너
4월의 노래 애수에 젖어
여린 목이 가늘어진다

봄소식

여자가 지나가는
또각또각
소리마다
자던 봄기운이
톡톡
눈을 뜬다

여자가 스쳐 가는
짙은 향기마다
립스틱 빛깔 따라
짙은 봄내음이
툭툭
흩어진다

난초蘭草

태초부터
유전遺傳된
꼿꼿한 결기다

서릿발 잎새마다
푸른
갈기 세우고,

묵시默示의
유연한 가락
언어보다 무겁다

개화

벗나무 꽃 등불
봄길 열린다고
너무 기뻐하지는 말아라

한숨 자고 나면
꿈결처럼
떠나리니,

꽃잎 떠난다 한들
애잔한 여운
흔들리지는 말아라

임 떠난 그 자리에
단단한 이름
보석빛으로 오나니

무에든 떠나간
그 자리에는
그리운 이의 꽃이 피거늘

낙화 I

목련 꽃
툭툭
눈물방울로 떠나간다

헛된 꿈만
좇다가
꽃잎 한 줌 줍고 있다

임 떠난
여운 마디에
무슨 사랑 오시려나

낙화 Ⅱ

그대,
이방異邦의 땅을 안고
울어 보았는가

히말라야 피 흘리는 언덕
한 생명을 위하여
밤을 지새워 보았던가

흩어진 꽃잎이여
군홧발에 짓이겨진
어린 영혼들아,

그대,
이방의 땅을 안고
무릎 꿇어 보았는가

아, 미얀마
숨 막히는 눈물이여

낙화 Ⅲ

한평생
일군 생애가
한순간의 꽃이다

무거웠던 발걸음
잔잔한 물결
투명한 바람이 되었구나

임 떠난 그 자리에
갈색 여운만
남겨지고,

먼 훗날
그 나라에서
진정 꽃으로 만나리니

낙화 IV

목련 툭 지기로서니
무에 그리 슬픈 일이라고

꽃피는 봄날
목련보다 그윽한
한 생애가 떠나는데,

한 생애
떠나는 것
무에 슬픈 일이던가

떠다니던 생명들
제 길로
가는 것을

기어이 떠났기에
기어이 향연으로 다시 만날 것을

산수유 심은 까닭

산수유
꽃 필 때
노랗게 익은 웃음으로
예전처럼 다시 만나요

젖은 시름
빨간 열매 한恨으로 영글어서
알알이 붉은 맛
차를 달여 올릴게요

울 엄마
잠든 곳
산수유꽃 필 때면

붉은 울음 위에
노란 웃음 수놓아서
가슴에 담고 다시 만나요

새

오늘 하루를
살아도
새일 수만 있다면,

어느 길목쯤에서
날개를
잃었을까

끝없는
황톳길에
새를 바라본다

바람 타고
건너는
그네들의 행로

펄럭이는 노래
새들의 꿈
눈짓으로 타고 간다

장미원에서

장미원은 붉고 화사했다
그녀는 오늘 장미보다는
30년 전 장미를 사겠다고 했다

30년이면 강산이 세 번 변하는데,
피식 웃어 주었다

미련을 못 버리고
눈물을 적시며
굳이 30년 전만 고집했다

'여보시오, 가시 장미보다는
좀 무디어진
은은한 빛이 더 아름다워요'
나는 돌아서서 기다려 주었다

장미원에 수많은 빛깔의 장미들이 드나들며
저마다의 장미를 사 들고
내일로 떠나가고 있었다

석양

저건 분명,
서러운 강이다

어린 새벽들 지쳐 돌아오는
쓰디쓴 입맛이다

어디서 한잔하고
속까지
붉게 물들었을까

내일은
젊은 태양
푸른 힘줄로 달려갈 수 있을까?

날 저무는 가을
끝인사는 아니겠지

그물

새 한 마리
자유를 향해
허공을 비상한다

더 먼 꿈의 나라
계절을 희롱하며
넘나들지만,

태양 빛 폭포수 타는 목마름
밤의 무게 앞에
자유의 날개는 삶의 무게였나

질긴 그물에 얽힌
먹이 사슬,
두 눈 부릅뜨고
오롯이 부리로만 생을 누비누나

세상은 우러러
자유의 날개를 손짓하지만,
허기진 한 톨 찾아
투명한 그물 속을 날으는 새여,

충혈된 목소리로
오늘도 너와 나
허기진 그물 속 헤집고 다닌다

가을 서정

지난해 길 떠났던 단풍
새로운 얼굴이
정겨웁다

저녁 기러기야
그저 오명 가명 한다지만,
긴 목청 울릴 적마다
주름 하나씩 얹어놓네

저녁에 피는 안개
긴 사연 부추겨도
지는 잎새에
지난 시절을 부쳐 보낸다

귀밑머리 희어간들
무어 그리 대수랴만,
어머니 굽은 등에
오동잎이 무거워라

가을에

가을은
높이보다
깊이를 채우는 시절

나무
빛깔보다
가슴에 빛을 입히는 계절

나이만큼
발걸음도
엄중해야 하거늘

또 한해
바람결
곁눈질로 가는구나

가을은
두 손 모아
흩어졌던 날들 다시 줍는 시절

풍경 소리

푸른 기와집 뜰에
풍경 소리 하나
걸려 있다

자물쇠에 굳게 잠겨
문 두드리는 이
없는 그곳,

지나가던 바람만이
풍경 소리
서느런 밤,

낯선 도심까지
바람 타고 떠다니는
소식에 젖어,

빈 처마 집
꿈에라도
깃들어 지새운다

호수를 보며

잔잔한 호수에
잔잔한 돌멩이 하나 무심히 던져본다
파장이 선명하다

무상의 시간
파장은 사라지고
돌멩이 무게는
호수 아래로 쌓여간다

생애의 그 무게
가슴으로 받아 안고
무심한 양 끌고 간다

철이 들어간다는 건
수 없는 무게들
가슴 깊이 묻어둔 채
무심한 호수로 살아가는 것일 게다

2부

거울

나를 제대로 볼 수 없고
거울을 통해서만 보는 건
안타깝다

내 걸음걸이 빤히 보면서도
외눈으로 보고 있다

내 속에 무슨 장벽 있어서
넘어설 수 없고,

너를 통해 나를 만나고
나를 통해
너를 볼 수 있다는 건
아이러니다

길가는 사람마다
절름발이 거울 하나씩 들고
세상을 저울질하며
희미하게 살아가고 있다

고드름

잠든 어둠을
정수리까지 덮어쓰고
서느런 갈퀴를 세운다

녹였다가 얼리고
뒤척이는 언덕을 수없이 오르내리며
무엇을 향해가던
창끝은 더욱 뾰족하다

오감五感은
뱀의 눈처럼
밤의 깊이에서 더욱 명료하고
지친 꿈속을 파도친다

냉엄하게 꼿꼿하던 고드름
어스름 새벽안개에
싱거운 꼬리를 감추고 부서진다

물처럼

더 높은 곳을 향하여
충혈된 눈
떨리는 다리로
한 계단씩 오른다

네 발로 올라가면
허공밖에 없다는 그곳,

어디선가 들려온다
낮은 자리에
안식처가 있노라고,
깊은 골방에
맑은 샘이 있노라고,

이제부터
한 계단씩 내려서서
더 넓은 곳에 이르는
연습을 해야겠다

석란사石蘭史 월평

석란사 이수화 선생님
촘촘한 그물로
이달의 월척을 잘 낚아 올린다

시인의 펄떡이는 가슴과
깊은 침묵을
시퍼런 솜씨
오감의 촉수로 집어내어
성찬을 차려 놓는다

선생님 손끝을 지난
살아 헤엄치는 시의 언어들,
넓은 바다로 다시 나가
난초 향기로 설레이며
가슴마다 혼불 되어
헤집고 다닌다

경포대에서

경포 호수 바람에
젖은 나를 말렸다

청풍에 휘날리는 머릿결
흐릿한 눈동자 고이 씻고
홍진에 찌든 것들
그 끝도 퍼서 내던졌다

옷깃 젖은 티끌이야
무에 그리 대수랴만,

청풍 호수 돌아서
다시 길 나선다면,
오가는 길 속에
무서운 인심 덮어 올 것을,

그때마다
젖은 나를 끌어안고
청풍에 몸 씻으러
온전한 하루를 드릴 수 있으리

강변 나들이

산산한 저녁 바람
고요한 강변길
강물은 벌써 꿈을 꾼다
둔치에는 소나무 두 그루 실루엣
그 아랜 소담히 들국화 향기
물소리 사잇길로
키 작은 야생화 뾰족이 말을 건다
직선 인생길에
그동안 못 본 것들
눈 크게 뜨고
귀 기울여 손 내미니
깊은 얘기 향기로 다가온다
느린 호흡으로 되돌아보면
아파서 오롯한 사연들
작은 바람에도 뒤척이는 것들
수없는 헛걸음 곁눈질하고 말았구나

가람 문학기행에서

내겐 참
푸르른 날 경험이었어

선배님들 발걸음에
나도 한 발
들여놓는다는 건

앞선 구름보다
항상
나는 앞서 달렸지

정성스러운 다과
뜨끈한 얘기들
수놓으며

그쪽 사람들 말끝마다
되게 따사롭더라

가람 선생님
청풍에 먼저 나와

안동 문인文人들 대견타며
기념관 걸음마다 뒤따라오시데

돌아오는 길목에
올곧은 죽순 향기 하나
몰래 훔쳐 품고
깊은 생각 속에 갈무리해 두었다

낙화 Ⅱ, 시화전에 부쳐

저마다의 인연
쉰아홉 편의 스펙트럼
한국화로 입고
캔버스에 담겼다

그 누구의 가슴에서든
웃음은 웃음
한숨은 한숨이어서
경이롭다

파인 흔적에서
새순이 돋고
신선神仙의 바람
시詩의 리듬을 타고
살아서 펄떡인다

흩어지는 낙화落花가 아니라
어느 마음에든 이슬처럼 내려앉아
민들레 홀씨 되어
아득히 먼 곳에서 꽃으로 살아가리

너를 품고 가정으로 일터로
굽이치는 눈물 골짜기
낮은 땅끝까지라도
진정 꽃이 되어 새싹을 틔우라

글을 안다는 것보다

어머니는 늘그막에야
한글을 깨우치고
아이처럼 좋아하셨다

그동안 어머니는
글보다 가슴 언어로
사랑하는 법을 아셨고,
넉넉한 목소리로
이웃을 대하셨다

거친 손마디로
밭일, 집안일을 일생토록 하시며
세상에서 지친 손을 잡아주었고,

손을 펴서 베푸시는
행복을 아셨다

어머니는 일평생
문자 이전의 삶을
온몸으로 살다 가셨다

낭중지추囊中之錐

분칠한 얼굴이
흰 가시가 되어
웃고 있다

얇은 껍질을 뚫고
얇은 무게를 드러내려
기어이 차가운 속살 드러내고
행복해진다는
슬픈 이야기다

낭중지추囊中之錐이거늘
낭중지추였으면 좋았을 것을

빛바랜 웃음 하나만으로
차고 넘치는 것을,

나는 지금도
얄팍한 지갑 속을
열어 보이고 싶어서
혀가 간지럽다

박쥐

사람도
어느 땐
동굴 속 박쥐다

가르쳐주지 않아도
어둠을 잘 쫓고,

동굴 속에 숨어서도
황금 냄새에는
날갯짓을 잘 한다

짙은 화장기
웃음으로 포장해도
투명한 창자가 다 보이거늘,

어둠 속을 줄 타는
기회의 재주꾼아
번뜩이는 지혜여,

인간은
동굴 속을 오가는
가장 슬픈 박쥐다

다보탑 발원

누가
정갈한 꿈을
돌탑 위에 새겨 놓았나

칠보단장 아홉 구비
즈려밟아 올라서도
구도의 길은
언제나 머흘레라

서라벌 태평성대
이 터전에서 발원하여

메마른 오늘까지
천년 자비의 기운
또 천년 속으로 서려 든다

봄날은 간다

일제강점기
폭거 앞에서도
교실 수업 중단은 없었다

피 흘리는 6·25
총탄 앞에서도
찬송 소리 멈추지 않았는데,

코로나19 검은 망토 바람
3월의 봄볕을
감옥 속에 가두었다

인류는 지금
더 큰 내일로 가는
정거장에 멈춰 서서
숨 고르는 중이다

소낙비

세상은 지금
회색 천막 속에
갇혀 있다

후끈한 바람
목덜미를 긁고 가면,

길 잃은 섬광이
굉음 사선으로
번개처럼 비수를 내리치고

하늘길 벗어난 빗줄기는
무심한 땅바닥에
대못질을 한다

검게 달군 아스팔트
허연 거품 물고
스물 스물 기어가고

붉은 강물은
꿈틀대는 현기증 세력이 되어
근육질을 자랑하며
폭군처럼 행진한다

세상은 한순간
빗소리 장단에 흠뻑 젖어
가든 길 잃고 멈추어 섰다

소풍 나온 바람처럼

산을 내려가듯
좀 느린 호흡으로 살아가야지

등줄기 땀은 흘리되
옷까지 흠뻑 적시지는 말고,

일부러 눈은
좀 적게 떠도 괜찮겠지

젊은 혈기들 투덜대면
넘치는 의욕이거니 고맙게 생각하고,

어른들, 하고 또 하는 잔잔한 말
보약으로 꼭꼭 씹어 먹으며,

올라갔던 길
다시 내려오는 길이니,

오를 때 숨 가빠 못 봤던
하늘도 좀 보고
땅도 만져가며,

소풍 나온 바람처럼
산산하게 살아야 하지 않겠나

시간의 대답

어느 날
길 위에서
길을 잃었다

저기 나침판이
방향을 가리켜도
기계 소리일 뿐이다

침묵의 외침은
누군가의
뜨거운 나침판일 뿐

앞장서서
벽을 깨는
소리가 필요하다

나침판은 분명
기다림의 시간 속에
처음 소리로
살아있는데,

오랜 시간은
지난번처럼
정직하게 길을 가리키며,
반드시 찾아올
시간의 대답을 기다린다

싸가지 어원

어느 날부터
싸가지가 떠나 버렸다

싸가지는
어린 새싹이라는데,

나의 새싹은
어디쯤에서 멈춰 버린 걸까

내일은
싸가지를 찾아서
어릴 적 놀았던
동산에라도 가봐야겠다

알바트로스

모두가 고단한 길 돌아올 때
그는 떠난다
폭풍 속으로

모두의 근심을 안고
뛰어내린다
더 무서운 폭풍 속으로

수천 번의 모험
그건 온전한
내일로 가는 날갯짓이다

우리는 모두
출렁이는 강을 건너
희망을 꿈꾸는 알바트로스다

알바트로스
멈추지 않는 심장이여
너의 날개, 무거운 짐이 아닌
백조의 날개였다

고향 나들이

그 지붕 아래에서
잠자던
오랜 기억들이
깨어난다

두 손을
잡아주는
온기가 남다르다

세월의 강
수십 번 건너와도
기억의 사진 속에서
빛바래지 않았다

추억 속의 소녀들이
대추 줍고
고구마도 캐며
갈색 낙엽을 다시 밟는다

그날 밤
먼 길 떠났던
정겨운 이웃들도
누나들 깔깔대는 웃음 위로
별빛 타고 내려왔다

월영교 서정

월영교
부서진 낙엽
흰 달빛 밟고 간다

오백 년
아린 사랑에
잠 못 드는 바람결아

한 맺힌
미투리를
강물 위에 걸어두고

즈려밟는
걸음마다
눈물 젖은 세레나데

달빛 안고
떠나가는
그대 발걸음아

발길 머무는 곳마다
깊은 숨결마다
하이얀 사랑 혼불로 피어나라

월영교 연가

월영교 휘영청 흰 달빛 떠오르면
원이 엄마 미투리 하나씩 고이 신고
오백 년 옛사랑을
손잡고 건너간다

한 맺힌 사랑일랑 여기에다 풀고 놓고
맺을 사랑이면 여기에서 맺으며
묵시의 강물 위를
쓰고 지우며 건너간다

팔각정 강물 위에 푸근히 앉았으니
흰 달빛 온몸을 쓰다듬어 덮어 주고
긴 물결 옛 사연을
묵언으로 읊어준다

그대 떠나가는 달빛 젖은 발걸음아
미투리 한 켤레의 깊은 사연 곱씹으며
애꽂은 달빛에다
천년 사랑을 하소연한다

염색

자르고 숨겨봐도
끈질기게
기어 올라온다

덧입혀
어르고 달래도
너를 속일 수 없다

꾹 눌러
숨겨 놓은
그놈의 성질머리처럼

적요寂寥

일월산日月山 초가집
등잔불 아래
선잠 깬 노인네
껌벅이는
하얀 꿈속

흰 여우 깃털 세운
은빛 울음들
눈 내린 논두렁
투명하게 달려온다

그믐달은 기울어
새파랗게 눈썹 뜨고
잠 못 이룬 그림자
오싹하게 쫓아온다

등잔불 흐릿한 지붕 위로
별빛은 쏟아져도
누구 하나 주워 담아
가는 이 없네

지혜智慧

말보다
귀를 가진 너는
분명 지혜롭다

내딛는 발걸음보다
지나온 길 되새기는 너는
더욱 지혜롭다

오늘보다
영원으로 열린 마음
지혜 위의 지혜이다

지혜의 샘을 안은
너는
바보처럼 지혜롭다

팽목항의 길 잃은 빗소리

내일로 가는 소풍
추억 하나 더 얹는 꿈이었다
소란하던 웃음에 얹힌
엄마의 보람
연보랏빛 내일이었다

한숨 자고 일어나면
설레며 깨어날
단 한 번 꿈,
무서운 꿈이 되었구나

두 번 맞이하는 봄
바다야 무슨 잘못이 있으랴
부푼 꿈 삼킨들
무슨 잘못 있으랴
일평생 잠 못 들어 뒤척이는
회색빛 세상인데
이 봄은 어찌 이리 청청한가

눈물 먹은 팽목항은 시리도록 푸르고
검은 망토 입은 주검의 세월호
구겨진 엄마의 가슴마다
길 잃은 빗줄기 못질만 하고 있다

스무 살의 기억

여기까지 오는 길, 모래 폭풍이었다
어스름에 남겨진 빛바랜 기억들
회색빛이 주변에서 서서히 걷혀지고 있다

노인老人은
친지 집 어린 머슴이었다
태생조차 알 수 없는
안개 속을 뒹구는 흙투성이 인생이었다

찌든 가난이 언덕을 넘게 했고
눈물이 약이 되어
가슴 속 불씨를 지켜주었다

초가삼간 호롱불 아래에도
질긴 생은 이어져
노인의 대를 이어
아들은 자기 땅을 일구었다

부친父親은 땅의 노예였고
스스로 생의 일꾼이어도
눅진했던 노인의 강을 건너왔고
자기 빛을 찾고자
날마다 어스름 새벽을 사셨다

한 집안 맏이라는 짐
무겁다 못해 가혹했다
가난은 고난이 아니라 형벌이었다
꿈에서도 어깨 위를
지게가 짓누르는 인생이었다

궂은비는 햇볕을 막아 주는 그늘이었고
눈이 오는 젖은 날엔
가마니도 짜고 콩도 고르며 흥얼거렸다
아버지는 자기 땅의 고단한 일꾼이어도
내일의 가슴을 씨 뿌리는 농부였다
깊은 자양분을 자식들이 안고
여섯 갈래 꿈이 되어
도회지 여섯 길로 흩어졌다

아버지의 아버지들, 그 끈끈한 혈액이
20살의 기억 속에 뜨겁게 흐르기에
오늘도 나는 도시의 불빛 속을
직진으로 헤쳐가고 있다

예 놀던 언덕 잔디밭에는
응원하는 목소리 묘지송墓地頌들이
당신네들 묘비명으로 숙면에 들어 있다

참나무가 탈 때

참나무가 탈 때,
그 불꽃
깨끗하다

제 몸 불태울 때,
깨어지는 소리
가슴 깊이 청아하다

단단한 무릎 끝내 불태우며
어둠을 몰아내고,
빛과 온기로
오롯이 살아 있다

최후까지 남겨진
그 뽀얀 재,
보석 자양분滋養分이 된다

묵시의 동행 외길 40년,
따스하게 남겨진
고요한 그림자 가슴에 새긴다

산비둘기

잿빛 가락
굵은 울음
깊은 밤을 굽이친다

쿡쿡 구구구
어떤 이의 넋을 담은
달래주는 장단인가

경자년 코로나19
먼 길 떠난 어린 것들
눈물 장단에 목이 메인다

쿡쿡 구구구
산 너머
골짜기마다
하얀 달빛 넋으로 울어,

산비둘기
젖은 노래
한밤을 끌고 간다

코로나19 확진

카프카의
변신을 생각한다

이제 고립된 섬에서
무엇을 할까

호흡을 옥죄고
신발에 족쇄도 채워졌다

질병의 고통을 넘어
마음 한구석을 긁어댄다

그래,
언제 이렇게 호젓한 시간이 있었던가

마스크로 묵언默言하면
잘못 쏟아낸 언어가 돌아올까

긴 여정에
웃을 일 하나 더 남기며 가는 길이다

흰 얼굴

깨어지기 쉬운
투명한
그릇이다

어느 언덕에도
기대기 싫어
홀로 펄럭이는 깃발이다

곡선을 품지 못해
속보다는
겉이 차가운 손,

먼 후일
어느
그리움의 나라에서,

그대와 입 맞추는
내일로의 행진
순례자의 메마른 흰 얼굴

3부

문門 앞에서

수많은 문들
열고 닫으며
여기까지 왔구나

애써 문 하나 열고 보면
깎아 세운 절벽들
또 막아서 있는 걸,

가슴 속 눈물로
무릎 꿇어 두 손 들면,
소리 없이 다가오는
편안한 그늘이여,

어느 고요한 날
다시는 목마르지 않을
그 열린 문 앞에서
진정한 나와 악수하고 싶다

결론

명예로이 솟은 첨탑이여
비단으로 치장한 부요함이여
꽃보다 아름다운 청춘의 꽃이여
책장마다 담겨진 지혜의 샘이여
솟아나는 젊음의 끓는 피
황혼이 들여 주는 마지막 노래여
하지만, 너희 흙으로 돌아가리라.
하지만, 너의 가슴
숨겨진 씨앗 하나
하늘 생명으로 숨 쉬고 있다면
어느 푸른 나라에서
그 약속 영원한 보석으로 빛나게 되리

빛을 찾아가는 길

나는 지금,
영원永遠으로 가는 길목
어디쯤에 있다

때로는 단단한 열매
꽃바람에 흥얼대는 노래들,
기척 없이 다가오는 회색 망토 골짜기
영하 40도의 고독
염원念願들이 뒤엉켜 있다

먼 훗날 꿈속이라 할지라도
굽이치는 바닷속
갈증의 그물을 던지고 있을지 모르겠다

나에게 주어진 나의 길
하늘 바람 불어와서
소리 없이 들려오는 낮은 음성에
온몸으로 귀 기울이며

지상地上의 고단한 땀방울로 별을 헤며
영원의 계단 길목마다
겨자씨 한 알 씨 뿌리는 여정旅程

오늘도
상처 난 두 손 들고
해진 무릎으로
피 흘린 언덕 그 너머에
빛을 찾아가는 길 어디쯤에 있다

고해성사告解聖事

어둠 속에서
깊게 무릎을 꿇었다

손가락 새로
터지는 회한
폐부肺腑 속을 찔러온다

눈물로
긁적인다
심장 속에 울음이 터진다

스스로 매를 들었다
그까짓 것이 뭐라고
늙은 가슴에다 못을 박아 버렸나

전화기에다 대고
고해성사 한마디 목청이 떨린다
일 마치면 오너라
그 음성 그윽하다

삼계탕 한 그릇에
고해성사 눈물 보자기로 덮어
주름진 얼굴들과 마주하고 오리라

혼자서 무릎 꿇은 고해성사에
하늘은 더욱 넓어지고
별은 푸르게 반짝이고
다 함께
깊은 밤을 건너갔다

끝자락에서

누구든
끝자락에 서보면
그제야 알게 된다

무심했던 날들이
얼마나 소중했던
기억들이었는지

툭 던진 말 한마디
얼마나 창과 칼이 되었는지
꽃과 열매가 되었는지,

우리는 언제나
끝자락에 서야만
처음으로 되돌아가게 된다

이런 늦깎이 인생을 위하여
처음과 끝은
닿아있는가 보다

그 날개

보이지는 않는다
느껴지는
날개다

잿빛 구름 너머에
태양이 뜨겁게 지키듯이
굽이치는 길목
차가운 가시밭도 깊은 사랑이었나

웃음보다
오히려 눈물
그 자국 모아 탑을 세운다

영원을 꿈꾸는
어디쯤의 계단
내 삶은
그 날개, 깃 속을 걷는다

기도의 어머니

기도의 어머니는 잘 알고 있습니다
기도하는 사람은
폭풍우 속에서 들려오는
하나님의 음성을 고요하게 듣습니다

기도하는 어머니는
기도로 거두었던 보석 열매를
첫사랑의 추억처럼
몰래 간직하고 있습니다

기도의 어머니는
오늘보다는 먼 내일에 눈을 두고
날마다 씨앗을 심고 있습니다

기도하는 어머니는
가정을 넘어서
이웃의 아픔도 가슴으로 품고 갑니다

기도하는 어머니의 양식은
가슴 속 우물에서 길어 올린
진정 맑은 눈물입니다

기도하는 어머니는 잘 알고 있습니다
기도는 한순간의 외침이 아니라
자신이 서 있는 그곳이
기도하는 처소이기에
기도로 매일의 발걸음 내딛습니다

시편 23편 묵상
– 신앙고백

여호와는 나의 목자이시건만
나는 늘
부족한 것뿐이었구나

푸른 풀밭 위에서도
굶주려 있고
쉴만한 물가에서도
목말라 하였구나

영혼은 세파에 시달려
지쳐 있고
의의 길에선
점점 더 멀리 떠나왔구나

사망의 골짜기 지나갈 때
보살피는 지팡이와 막대기
바라볼 줄 몰라
나는 늘 방황하고만 있었구나

원수 앞에 차려 놓은 성찬
기름으로 넘쳐나도
두려워 떨기만 하였구나

그의 선하심이
평생 함께하신다는 그 약속도
여호와 집에서 멀어지니
진정 누리지 못해 탄식만 하는구나

여호와는 진정 나의 목자이시건만…

눈물

이럴 줄 알았으면
송구영신送舊迎新의 밤
거창하게 시작하지 말걸,

이럴 줄 알았으면
뜨거운 언어로 기도하지 말걸
냉수 정도 나눠가며 올걸,

아직도 냉랭한 가슴
무엇 들고 성전에 나아갈까
곳간에는 부서지는 바람뿐,
들판은 저렇게
속이 꽉 찬 열매로 경배하고 있는데,

또 한 해
싱거운 쭉정이 무릎으로 들고
거짓 눈물로
두 손에 담아 나아가야만 하네

신년기원 新年祈願

한해의 끝
섣달그믐 달 바람에 떨고 있다

우리네 삶이란
흔들리는 갈림길
어느 하룬들
흐붓이 쉬는 날 있었던가

기우는 해
꽁꽁 묶어 보내고
투명한 마음으로 다시 설 수 있기에
새해의 태양이 참으로 고맙구나

새해의
백지 한 장
또 한해 무릎으로 받는다

첫날의 태양
더 뜨거운 빛이길 기원한다

십자가 十字架

오늘의 내 삶은
절름발이 십자가

취객의 언어로
창문을 두드린다

일어나 솟아나는
몸짓으로

가시 십자가
꽃피우게 하라

나에게서 차고 넘쳐나라
십자가 사랑아

좁은 문

그 문으로 들어가라
거기에
진정 열린 문이 있다

눈으로 볼 수 없는
그곳에서
매듭은 풀리고
넘치는 사랑은 5월의 햇살,

더 좁은 문으로 들어가라
영원의 내일은 빛나고
목마르지 않을 우물이 있다

사마리아 갈증 속
사막보다 깊이 적시는 노래가 있다

좁은 문으로 들어가라
그 나라에
손잡는 쉼터가 숨어 있다

오병이어五餠二魚 기적

오늘 광야에
오병이어五餠二魚 기적이 필요하다
매일의 강단에서
유창한 언어들 물결쳐 넘쳐나도,

먹을 것이 넘쳐 굶주린 사람들
예수께서 축사하신
살아 펄떡이는
오병이어 기적을 먹어야 한다

조각된 언어
비루해져 빛바랜 언어
설익은 잔치는
굶주린 베세다 광야일 뿐,

헤진 눈물로 빚어
다 함께 배부를 베세다의 향연
예수께서 찾으시는
내게는 없는 오병이어
어느 소년의 손에 있는 것일까

영원에 잇대어

화려한 침대가
화려한 꿈을
주는 건 아니다

달콤한 언어가
달콤한 열매를
약속해 주는 건 더욱 아닐 게다

우리의 길
가파른 언덕길
쉼 없는 여울 속이라 할지라도
먼 꿈에 잇대어 있기에,

어느 날
어둠이 빛처럼 찾아오면
그 너머 언덕에
잃었던 영원의 나와 다시 만나겠지

오늘의 꿈결,
영원에 잇대어 있단다

4부

고목

살 터진 저 고목도
어린 새싹이었으리

온갖 풍상 90년
구부정한 허리
희미한 눈동자
어눌한 말씨에
비틀대는 그림자,

그도 한땐
해 뜰 때는 꿈을 지고
해 질 때는 꿈을 누이며
질풍의 청춘
중년의 멋 중절모에 얹으며

불타는 사나이 가슴으로
사랑을 태웠으리

아하, 세월의 채찍질이
이다지도 야속한가

고목에서 다시 새잎 나는
그날이 있다면
내 뜨거운 가슴으로 꼭 안아주리

갈치조림

오늘 점심에
갈치조림을 먹었다

아내와 아들, 딸은 맛있다고 야단인데
나는 도대체
짜고 매워서 못 먹겠다

너무 짜고 매워서
입속에서 막
눈물이 났다

너무 짜고 맵다고
아내를 타박하며 먹어 보라 하였더니
간이 딱 맞다며 오히려 나무란다

그대는 갈치조림이 아무리 맛있어도
나는 아버지 생각에 울컥하며
너무 맵고 짜가운 걸 어떡하라고

의자

그대 떠난 자리에
낯선 바람이
앉아 있다

어제는
벌써
영원으로 떠나 버린
빛바랜 기억,

한 생애가 앉았던 뜨거웠던 그 자리
뽀얀 재를 안고
줄기마다 새로이 움트고 있다

유품 정리

한 생애가 떠나가며
길모퉁이마다
그 흔적 유품으로 남았다

한 농부의 삶이란
나그네길
살찐 흙냄새

아픔도 행복이었고
웃음도 눈물이었던
뜨거웠던 그림자

한 생애가 간다는 건
삶의 흔적
무게를 남기는 것

길 위에 수놓아둔
투명한 자국 위를
긴 한숨으로 거슬러 밟아 본다

정현국, 가슴 깊이 새긴 이름
유품을 정리하며
묵직한 음성 다시 듣는다

어떤 지갑

낡아 해진 지갑을
한밤중에 일어나
다시 끌어안아 본다.

90년 초로인생草露人生
한 시대 그림자
고스란히 묻어 있다

아버지 일생
열었다가 닫았다가
함께 해 온 돈 지갑

우리 6남매 갈 길에
꾸지람과 격려로
험한 길 앞서 헤쳐 가시며

꼿꼿하던 그 목소리
금잔디 바람결
꿈결로 누워 있다

'나그네 길 90년 하늘 본향으로 돌아가다'
마지막 헌시獻詩
묘지석에 새겨 놓고 깊은 수면에 들었다

그 집

밤이 오면 골기와 사이로 별이 쏟아지는 그 집, 달이 기울면 소쩍새가 혼자서 세레나데 곱씹어 밤을 달래고, 늙은 기침 소리 잃어버리고 개구리 소리만 고요를 선명하게 그려내는 곳

물 찬 제비들 하늘 놀이터에서 한낮을 노닐다가, 적막한 처마 밑에 고단한 눈동자 누이고, 누구라도 마당의 한밤을 가로질러 집으로 돌아가는 트인 길목, 안주인의 넓은 마음처럼 마당이 넓어 동네 아이들 마음껏 놀던 그 집

마당 한쪽 삽, 괭이 우두커니 모여 앉아 녹슬어가는 향수를 즐기고, 예 살던 가마솥에 굵은 장작으로 아궁이를 데우면, 도회지로 떠났던 자손들 마음으로 느끼는 메케한 향연

명절이면 어김없이 떠났던 피붙이들 모여들어 고단한 봇짐을 내려놓고, 밤새워 옛 기억을 나누면 금세 가슴을 넘치는 설레는 자양분, 떠난 님 그리워서 애끓는 가슴보다 찬송가 소리 울리며 영원을 향하는 그 집

떠나는 발걸음들 창살 문 잠그며 눈동자 하늘을 향하여도, 마당 가엔 가지, 오이, 토마토, 부추, 곰취, 당귀, 나물취, 달래, 돌나물 서로 어울리고, 뒤뜰 대추나무 주인처럼 품어 안고 또 한 시절을 달래고 있다

옛 주인은 금잔디 언덕 위에 고단했던 나그넷길 끝내고 하늘 본향 돌아가, 푸른 바람으로 영겁에 누워 영원의 계단으로 열려 있는 그 집

길 떠난 가슴들 저마다의 일터에서 부초처럼 떠다녀도, 어느 무심한 날 다시 돌아와 포옹을 나누면, 금세 한 덩이로 설레어 엉키는 추억, 다시 흩어져도 핏줄로 엮인 사무치는 그리움, 아득한 등불 풍경 소리

그의 실루엣

그의 그림자 늘 무거웠다. 막걸리를 거나하게 잡수시
면 더욱 무거웠고, 밭일에서나, 등굣길 학비 받을 때
나, 집에 가만히 있을 때도 천근처럼 무거웠다. 누나
들도 모두 무거워했다
– 삶이란 무서운 것인가 보다

그는 엄마에게도 늘 무거웠다. 소리치며 일하는 열심
이 무거웠고, 더러 밥상이 마당으로 날아가고 밥그릇
이 나뒹굴 때는 오히려 묵은 슬픔을 날려버렸는지 모
르겠다
– 무거움이란 잘살아보자는 언어였던 것 같다

나는 그의 담배밭이 싫었고, 빨갛게 익어가는 고추밭
이 싫었고, 사람보다 대접받는 점잖은 소가 싫었고,
소꼴 베는 일이 싫었고, 20리 밖 산에 누워있는 마른
나뭇가지들이 싫었다. 나는 푸른 농촌이 싫었고, 잡초
를 길러내는 논밭도 싫었다
– 돌이켜보면 그의 인생에 우리 전부가 엮여 있었던
것 같다

세월 흘러 그의 어깨에서 무거운 지게가 내려섰을 때,
걸음걸이가 기울어졌을 때, 눈동자에 황혼이 깃들었을
때, 며느리들에게 목소리는 가늘어져 갔고, 손자들을
안는 손길은 따뜻해졌고, 눈동자는 긴 호흡으로 느릿
해져 갔다. 그때부터 홀로 쓸쓸해져 갔고, 부서진 흰
머리를 이고 너무 멀리 와버렸다
- 그는 한 생애 넘어서며 작은 몸이 부서져 버렸다

그는 처음부터 무거운 사람은 아니었다. 처음부터 새
벽일을 좋아했던 건 더욱 아니었다. 그도 노래도 흥얼
거리길 좋아했고, 맛난 것도 좋아했고, 서울 구경도
좋아했다. 그는 누구보다 쓸쓸함을 아셨고, 홀로 있을
땐 눈물도 흘렸고, 두툼하게 낡은 지갑도 좋아했다.
그는 흙을 사랑하는 찐한 농부였고, 몸을 깎아 가족을
사랑했고, 단 한 번의 생애 넘치도록 사랑하며 살고
떠나갔다
- 그들의 한 생애 무겁게 사느라 흔한 웃음도 숨기고,
눈물은 소주잔에 녹여 삼키며 무거운 발걸음 옮겨가고
있다

전화위복轉禍爲福 방광염

어머니가 또 쓰러졌다
청천벽력,
잦은 소변에
부쩍 예민해진 신경이 병이 되어
응급실로 실려 왔다

모진 세월 고생으로
화병인 줄로 알았는데,
방광에 종양이 추측되니
위험할 수 있다고 한다

천근만근 무게에 눌리며
급히 인제 대학병원으로 이송
정밀 검사 하여 두고,

어떤 일이 있더라도
어머니 병을 고쳐야겠다
굳게 다짐하며 기도하는데,
그동안의 잘못이
눈물로 주르르 흐른다

검사 발표 전날 밤
비몽사몽 뒤척이며
제발 악성만은 아니기를…
천만다행 심한 염증이라 한다

초로의 어머니는 하루에도
수십 번 화장실을 드나들며
잠 못 이뤄 왔는데,

악성 종양인 줄 알았던 질병이
방광염 판정받아
밤마다 편히 잠든다고 하니
얼마나 고마운 전화위복轉禍爲福 방광염인가

귤을 먹다가

오렌지색에 싸여 있는
노란 맛,
처음엔 잘 몰랐어

귤 색깔처럼
매끈한 맛
그런 줄 알았어

어느 날
껍질을
벗어나서
그 맛을 알았어

그동안
오렌지 빛깔에 막혀
찐한 맛을 몰랐던 것 같아
늘 함께 온 사람들

안부 편지

그곳,
어머니의 나라에도
눈물이 있나요
한숨도 있나요

여긴, 긴 한숨 아홉에
눈물이 셋이랍니다

빛보다는
서느런 밤이
유성처럼 지나가고 있습니다

더러는 바위로 짓누르고
눈물 자국으로 걸으며
철 지난 그리움도 밤새 그리며
옛길을 걷습니다

거기,
하얀 어머니의 나라가
몹시 궁금합니다

그 늙은 반짇고리

열일곱 살 시집올 때
철없이 따라
나섰던 길

근 89년,
늘 추웠던 시집살이

헤진 상처엔
삼베 조각 덧대어
서로 상처 싸매어가며,
늙은 주름으로
함께 걸어온 길

어느 날 홀연히 주인을 잃고
허한 빈 속
빈방에 누워
메마른 입술만 쓰디쓰다

유전遺傳

생명, 하늘 끝에서도
장구長久하다

어디로 갔는지
치마 끝자락 본 사람은
없다 해도

떠난 임 후에도
가슴 눈동자에
오롯이 새겨 있고

아, 영원으로 이어질
혈액 속에 남겨진
발자국 소리

한 알의 씨앗
거기서도
여기서도
새 생명으로 빛나리

우리의 등불이었던 님이시여

님이여,
우리를 두고 진정 떠나간 것입니까
정다웠던 사람들 남겨두고 떠나간 것입니까
정들었던 곳 살뜰이도 보살피며 지켜온 당신의 땅
남겨두고 떠나가는 것입니까

당신께서 떠나가도 왜 세상은 아무것도 변하지 않습니까
당신께서 동산처럼 오르내리던 산들은
왜 소리 내어 울지 않는 것입니까
당신께서 일구어서 집처럼 드나들던
논과 밭들은 왜 함께 떠나지 않는 것입니까

깊은 사랑 눈물과 땀, 주름으로 갈라진 손등으로
하얗게 부서진 머리카락으로 키워낸 자식들은
마지막을 숨결을 되돌려 놓을 수 없는 것입니까

한 알의 밀알이 땅에 떨어져 죽으면
더 많은 열매를 맺는 진리를 몸으로 보여주신 아버지
당신의 그늘에서 살아가는 철부지 자식들을
다시 한번 돌아보고 떠나가십시오

님이시여,

당신의 꼿꼿한 정신 우리는 가슴에 다시 새기겠습니다

당신이 남겨주신 검소한 삶의 흔적 저희는 본받을 것입니다

말씀보다도 더 깊은 정으로 쓰다듬어 주시던 따뜻한 인정을

우리는 또 다른 이웃에게 베풀겠습니다

인생은 흙으로 왔기에 흙으로 간다 할지라도

우리 모두의 가슴에 심어 놓은 진정한 생명의 씨앗은

새로운 생명으로 피어날 것이기에

우리는 젖은 눈물을 다시 닦을 것입니다

가슴 사무치게 그리운 님이시여,

작은 물이 바다에서 다시 모여 만나듯이

쏜살같이 지나가는 멀지 않은 날

여기 모인 우리들은 당신의 온전한 모습을 다시 볼 것입니다

지금은 거울처럼 흐릿하다 할지라도

어느 날 우리는 눈물도 없는 최후의 그곳에서

정금으로 빛나며 더 이상 눈물이 기억나지 않는 곳에서

우리 모두 손에 손잡고 진정한 동산에서 만날 것이기에
이제 슬픔을 기쁨으로 안고 갈 것입니다
우리에게 주어진 일터에서 땀 흘려 일할 것입니다

사랑하는 우리 아버지,
일생동안 참으로 애쓰셨습니다. 감사했습니다. 정말
사랑합니다
이 땅의 모든 근심 걱정 땀 흘리던 수고 내려놓고
당신의 진정한 주인 품 안에서 편히 쉬십시오
웃음으로 춤과 노래로 쉬십시오
당신께서 그리던 거룩하신 하늘 품 안에서 편히 쉬십
시오
나그넷길 90년 하늘 본향으로 돌아가다

2017년 12월 25일
아버지를 영원으로 보내드리면서

5부

기도

어머니, 제가 잘못했습니다. 일어나세요
어머니를 건강한 내 아들보다 딸보다
더 잘 보살피고 염려 했어야 하는데,
말없이 슬픈 소리에 더 깊이 귀 기울여야 했었는데,
좀 힘들더라도 어머니를 더 살펴야 했었는데,
제일 어른이고, 제일 약한 어머니를 정말 잘 보살피고
먹을 것과 입을 것 더 잘 해드려야 했었는데,
모두가 제가 잘못해서 일어난 일이에요
아버지께서 우리에게 엄마 잘 부탁한다고 돈도 남기
고 가셨는데,
우리 잘못을 뉘우칠 수 있는 기회를 주세요
우리는 매일 좋은 것 먹으면서
우리는 좋은 옷 입으면서도 어머니를 깊이 생각 못했
어요
어머니는 백화점의 옷도 제대로 못 사줬습니다
어머니 일어나 주세요
하나님 어머니 지켜주세요
하나님 제가 정말 잘못했습니다
어머니를 다시 일으켜 세워주세요

2018년 12월 4일

병상에서

병원의 밤
고요보다 깊은
침묵이 흐른다

어둠을 가르는
허공을 젓는 어머니의 목소리
폐부를 찔러온다

콧줄로 연명하는 연식마저
금식 처방이 내려져
물조차 마음껏 마시지 못한다

하지만, 어머니의 목소리엔 분명
회복을 향한 몸부림이 담겨 있다
한 열흘간 먹은 것이 없다고
찡그린 하소연이다

그 하소연이 감사하고 미안해서
목이 메인다

2018년 12월 10일

병상의 밤

병상의 밤은
어린아이 몸짓처럼 단순하다
자다 깨다를 반복하는
비몽사몽의 숨소리
눈물만이 가슴을 적셔 온다
어머니의 가녀린 신음소리
내 한숨과 뒤섞여
밤의 정적을 날아다닌다
차라리 보지 않고 있으면
내일은 더 나아지겠지 하며
의사의 전화를 기다리는 기대감이 있지 않을까
새벽 3시,
어머니가 잠들면 나도 자야 한다
눈이 아려와도 정신은 더욱 살아난다
어머니 부은 손을 잡고
예전에 어머니 목숨이 내 목숨이었듯
지금은 내 목숨과 어머니 목숨이 닿아 있다

2018년 12월 15일

병상 일기 I

오늘은
변에 피가 섞여 나오고
색깔이 새까맣다고
급하게 전화가 왔다
학교 일정을 중단하고
한걸음에 달려와서
엑스레이 사진과 내시경을 해보니
식도와 위에 궤양 증세가
심하다고 한다
소화기내과 과장이
자세히 설명해 줘서
조금은 안도가 된다
증상을 알았으니
좋은 처방이 있을 것이고
어머니가 잘 받아서 이겨내고
승리하길 기도한다
오늘 밤 성령 하나님 보살펴서
어머니가 내일은
새 모습이 되기를 기도한다

2018년 12월 20일

나는 어머니가 그립다

올 한 해의 화두는
어머니로 하련다

어머니, 젖은 옷자락
그 흔적
쉽게 놓을 순 없다
지워지지 않는다

영혼의 탯줄로 이어진 인연
어머니는 첫사랑이었고
몸으로 가르친 참 스승이었고
먼 행로의 등불이었다

새해 태양이 찬란하다 해도
나는 바다로 향하기보다는
새벽을 깨우는
순도 100%
어머니의 사랑을 안으련다

2018년 12월 31일

길을 걷는 사람들

오늘도 사람들은
부지런히들 걷고 있다
어디로인지 몰라도 가고 있고
무슨 말인진 몰라도
뜨거운 대화에 젖어 있다
걷는다는 것은
길을 가는
그 이상의 의미가 있다
벌써 40일 넘도록
병상에 있는 어머니
길 걸었던 기억마저
잊어버렸을까 두렵다
길을 걷는다는 것
한 걸음 한 걸음
결코, 가볍지 않을 수밖에 없는
엄숙한 사명이다

2019년 1월 4일 오전 01시

어머니께

어머니 일어나셔야 합니다
그토록 가곡 집에 가고 싶다더니, 일어나셔야 합니다
그리고 우리 집에도 와서 좀 사셔야지요
겨울옷도 한 벌 좋은 것 사 입고
안동에서 제일 맛있는 맛집에 가서
맛있는 것도 사 먹고 하려면 일어나셔야 합니다
지금까지 모진 세월 잘 이겨 왔잖아요
재작년에 아버지 돌아가시고
홀로 외로운 마음 헤아려드리지 못해서 정말 죄송합니다
올 겨울방학에는 가곡 가서
어머니와 많은 시간 함께 하고 싶었는데
이렇게 되어버렸으니 어떡하면 좋아요
어머니 오늘 밤엔 내가 함께 잘게요
어머니 힘내야 합니다
우선 죽이라도 좀 많이 먹고 힘내서 일어나 보세요

2019년 1월 7일 오전 08시

촛불

생각에
뒤척이다
가슴 한복판에 촛불 한 자루 켠다

제 몸 태워
불 밝히고,
연기로 사라지는 의연함이
눈물겹다

태우기 위한 운명
누구의 삶을 닮은 걸까?

무명의 촛불
한 자루만큼의 고귀한 삶,

어머니는 마지막 병상에서도
그만 집에 들어가라며
온몸으로 불 밝히고 있다

2019년 1월 11일 새벽 2시

깊은 생각

어머니는 이 밤에도
중환자실 병상에 누워서
온갖 주사약을 몸에 꽂고
음식마저 끊고
병마와 사투 중인데
나는 잠깐 문병 갔다 와서
저녁을 먹고 TV를 보며
간식까지 먹으며
시간을 보내고 있구나

밤이 점점 깊어가는 데도
나는 잠 못 들고 긴 한숨에 젖어
가슴 속이 찢어진다
오늘 주치의의 말이
쉽게 일어나기는 어려울 것 같다고 하지만,
성경에서는 죽은 지 나흘이나 된
나사로를 살리신 예수님께 기도했다
나사로를 통해서
구세주 예수님을 드러내신 기적이
우리 어머니에게도 일어난다면
복음을 드러낼 수 있지 않을까 생각했다

어머니는 평생을 선하게 헌신적으로 살고
노경老境에는 예수님을 영접하셔서
자녀들을 위해서 늘 기도 하셨는데
요즘은 어머니보다 훨씬 나이 많은 사람들도
많이 살고 있는데,
'하나님요, 우리 엄마 좀 살려 주시면 안 되나요' 기
도했다
하지만, 우리의 소원보다도
하늘 아버지의 뜻이라면 어쩌겠어요
육신은 연약해져 가도
영혼은 하나님 앞에 열려 있기를 간절히 기도한다

2019년 1월 15일 0시

병상 일기 Ⅱ

중환자실 병상에 누운
어머니를 지켜보며
수많은 장면이 막 지나간다

89년 생애의 거센 물결
몸으로 이겨 오신
우리 어머니가 누운 병실,

말을 잃어버리고
가느다란 호흡만으로
말씀을 이어가는 어머니는
무슨 말을 제일 하고 싶어 하실까

서울 아우가 귀 기울여 들어보니
어서 들어가서 쉬라고
두 번이나 거듭 말씀하셨다고 한다

숨이 멎는 순간까지
아가페의 사랑을
쏟아붓고 계셨구나

2019년 1월 11일 오전 10시

마지막 종소리

어머니께서 새벽녘에
이 땅에서의 마지막 호흡을 남기고
떠나셨다

숨이 막혀서
눈물도 메말라 버렸다

어머니는 평소에
당신께서 치매를 앓다 돌아가실까 봐 걱정하시며
큰 고생 없이 죽는 것이 원이라며 되뇌었건만,

어머니는 병원에서 20여 일 의식을 잃었다가
숨을 몰아쉬시며 편히 눈감았다

자식들 고생 안 시키고 가고 싶다 하시더니
마지막 종소리 잔잔하게 울리고
하늘 본향으로 돌아가셨다

2019년 1월 15일

아가페의 사랑은 잠들지 않고

사랑하는 어머니께서
오늘 가장 먼 길 가셨습니다
89년 생애 훌훌 벗어두고
푸른 하늘 여행을 떠나셨습니다
너무 무거워 힘겨웠던 일생의 짐
낡은 육신, 질곡의 보따리
한 줌의 재로 남기고
진정 자유를 향해서, 영원으로
그렇게 우리보다 앞서가신 것입니다

어머니는 천성이 넉넉한 분이셨어요
예전부터 우리 동네에서 헐벗은 자들
못 본 척 않고 먹여 주고
해 저물어 정처 없이 떠도는
봇짐 장사꾼들에게도 잠자리를 선뜻 내어주고
도회지에서 모처럼 고향 찾아온 사람들
콩이야, 팥이야 한 되박씩 퍼주시며
그렇게 정으로 살아오셨어요

어머니는 17살에 없는 집 맏며느리로 시집오셔서
시부모 봉양 극진히 하시었고

험한 농사일 여자의 몸으로 감당하시면서
대가족 거느리고 늘 베푸시며
온 집안을 일으켜 세웠습니다

시골 기와집에 명절마다 종반 간 우리 형제들
동네 사람들까지 모여들어 잔치를 해도
어머니는 싫은 내색 한 번 않으시고
자녀들 우애 있는 모습 보기 좋아하시었고
동네 사람들 모여들면 잘되는 징조라고 하시면서
있는 것 없는 것 다 내어놓고
넉넉하게 베풀던 모습은
동네에서 몇 안 되는 선한 성품으로 통했습니다

우리 육 남매, 사촌 형제들, 어린 자손들
이 각박한 세상에서
정직하고 착실하게 살아가는 것도
어머니, 당신께서 베푸신 선한 씨앗들
가슴에 담아 두었기 때문입니다

어머니께서 병상에 눕고 나서
모든 가족이 한마음으로 소원하며
단 몇 년 만이라도 더 살면서
부족했던 저희 효도를 받으시라고

간절히 기도했지만
어머니는 병상에서 50일 만에
숙환으로 하늘의 명을 받았습니다

어머니, 이제 우리는 눈물보다는
영원으로 가는 당신의 길을 환송하렵니다
떠나는 것이 아니라 진정한 만남이 시작되는 것입니다
눈물과 한숨 없는 온전한 아버지의 나라에서
당신의 진정한 아바 아버지 품 안에서
눈물로 환희로 노래하십시오

사랑하는 어머니,
죄송한 것 너무 많아요. 용서하세요
한 생애 정말 수고 많으셨어요
우리 어머니여서 참으로 고마웠습니다
어머니의 사랑, 우리의 가슴속에 영원할 것입니다
하나님 나라에서 영원한 생명으로 다시 사십시오

2019년 1월 15일
어머니를 영원의 품으로 보내드리면서

빛을 찾아가는 길

정영학 지음

발 행 처 · 도서출판 **청어**
발 행 인 · 이영철
영　　업 · 이동호
홍　　보 · 천성래
기　　획 · 남기환
편　　집 · 방세화
디 자 인 · 이수빈 | 김영은
제작이사 · 공병한
인　　쇄 · 두리터

등　　록 · 1999년 5월 3일
(제321-3210000251001999000063호)

1판 1쇄 발행 · 2022년 10월 30일

주소 · 서울특별시 서초구 남부순환로 364길 8-15 동일빌딩 2층
대표전화 · 02-586-0477
팩시밀리 · 0303-0942-0478

홈페이지 · www.chungeobook.com
E-mail · ppi20@hanmail.net
ISBN · 979-11-6855-078-0(03810)